18+

IGOR MARCONDES

# GOZO poético

ubook ubk Publishing House

ubook ubk
Publishing House

COORDENAÇÃO Alessandra Brito
EDIÇÃO Nikita Sigrist
CAPA E PROJETO GRÁFICO Clarissa Duarte
ILUSTRAÇÕES Julio Almeida

**Dados Internacionais de Catalogação na Publicação (CIP)**
**(Câmara Brasileira do Livro, SP, Brasil)**

Marcondes, Igor

Gozo poético / Igor Marcondes. – Rio de Janeiro : Ubook Editora, 2022.

ISBN 978-85-9556-306-3

1. LGBTQIA+ - Siglas 2. Literatura homoerótica 3. Poesia brasileira I. Título.

22-112227 CDD-B869.1

**Índices para catálogo sistemático:**

1. Poesia: Literatura brasileira B869.1

Cibele Maria Dias - Bibliotecária - CRB-8/9427

**Ubook Editora S.A**

Av. das Américas, 500, Bloco 12, Salas 303/304,
Barra da Tijuca, Rio de Janeiro/RJ.
Cep.: 22.640-100
Tel.: (21) 3570-8150

Dedico este livro a todos que foram
machucados pelo desejo alheio.

# AGRADECIMENTOS

A escrita é um desafio que encaro como minha característica mais inata. Não sei ser sem escrever. Portanto, sou meu próprio desafio. Para concluir as diversas etapas dessa contenda, tenho vivenciado ao máximo as experiências que ela me traz. E por isso agradeço, sem saber a quem exatamente, a oportunidade de viver como um homem gay no Brasil.

A escrita é um trabalho solitário, verdade; publicar um livro, porém, não precisa ser. Nesse sentido, agradeço à equipe da Ubook, em especial à Cristina e à Alessandra, que, desde nosso primeiro encontro, foram muito receptivas às minhas ideias. Obrigado por terem me permitido sentir reconhecido e compreendido depois de tantos anos na lida como autor independente. Este livro marca um momento em minha vida do qual jamais me esquecerei.

A escrita traz também conquistas que não se alcança sozinho. Por isso, agradeço a meus pais e irmãos por terem me dado apoio emocional durante minhas quedas ao longo do caminho. Agradeço ainda aos meus amigos que fizeram parte dessa jornada, ajudando-me ao longo desses últimos anos de trabalho independente: Daniel Bollina, Debora Couto, Rebeca Benício, Isabela Machado, Matheus Siqueira e Lucas Rodrigues.

A escrita pode ser uma forma de conexão, tal qual a dos personagens apresentados aqui neste livro. Um laço empático, íntimo e precioso que se constrói a partir da realidade, mas busca ampliá-la como forma de apontar um futuro melhor. E é por isso que agradeço a você, leitor, por dispor do seu tempo para ler os meus versos. Espero que você possa encontrar uma parte sua aqui.

# PREFÁCIO

## ESTE NÃO É UM LIVRO DE AMOR –

*ou talvez seja*

Tempos atrás, fui nomeado de uma forma inédita: "homoafetivo". Intrigado, questionei por que não "homossexual" – categoria criada sob os desígnios médico-medicalizantes que costumeiramente me irrita. Na tentativa de ser tratado de forma respeitosa e não pejorativa, escolheram chamar-me pelo o que há de afetivo em mim, não sexual; afinal, minha existência estaria para além do sexo.

Em tempos de higienização das experiências homoeróticas, a dimensão sexual de nossa existência enquanto gays, bichas, viados – particularmente, prefiro esta última – parece cada vez mais apagada. Cidadãos de bem, temos sido convocados a nos mostrarmos limpos e talvez deserotizados, desejando hegemonicamente modos de vida normativos, desinteressantes, atravessados por ideais de um amor romântico que não deveria convencer mais ninguém e que produz encontros aborrecidos e fadados ao desamor. Talvez a homossexualidade guardasse ainda alguma perturbação, já acachapada pela nossa transformação em "homoafetivos". Mas que perturbação seria essa?

"O que mais perturba quem não é *gay* é a forma de vida *gay*, e não os atos sexuais". Michel Foucault é contundente em uma entrevista concedida no início dos anos oitenta[1]. Para ele, o temor geral se refere às possibilidades de que gays desenvolvam relações intensas e satisfatórias, mesmo que estas não se ajustem às ideias que os outros têm a respeito delas e sejam distintas das formas institucionalizadas de se expressar amor.

E talvez uma das mais importantes distinções presentes nas relações homossexuais diga respeito justamente ao lugar do sexo. Ao serem historicamente repelidas, as experiências homossexuais hegemonicamente concentram sua energia no próprio ato sexual. Sem grande corte, rapidamente decide-se ir ao que interessa e consumar o ato; transa-se, rapidamente,

---

1 FOUCAULT, Michel. *Um discurso sobre os prazeres do sexo*; Nietzche, Freud e Marx; *Theatrum philosoficum*. São Paulo: Landy Editora, 2000.

quase sem grandes esforços ou ressalvas. Quer dizer, a rapidez e centralidade do sexo nessas relações são fruto de uma proibição, da proibição da existência homossexual.

No jogo agonístico entre poder e resistência proposto pelo pensamento foucaultiano, podemos entender que essa proibição permitiu que se instaurassem novas possibilidades de relação entre as pessoas. Novas possibilidades com muitas possibilidades: erotismos mais fluidos, ambivalentes, indiferenciados, nômades, menos acomodados, às vezes em movimento contínuo. Possibilidades impensadas, impensáveis: transar com tantas pessoas; transar nas ocasiões e lugares mais inusitados, como no banheiro do shopping, no ônibus de viagem, numa praça pública; usar o próprio corpo de forma quase aleatória, tirando prazer do mais improvável. Parece impensável, insuportável, inadmissível. Mais inadmissível ainda quando isso tudo não implica necessariamente em uma cisão entre sexo e afeto/amor.

Ora, para Phillippe Ariès[2], a afetividade não se encontra ausente da relação sexual homossexual. Diferentemente da relação heterossexual, a afetividade fica reportada sobretudo para após o ato sexual e configura um momento breve, que dura um instante, "na intensidade do instante

2 ARIÈS, Phillippe. Reflexões sobre a história da homossexualidade. In: ______ & BÉJIN, A. (Orgs.). *Sexualidades ocidentais: contribuições para a história e para a sociologia da sexualidade*. 3ª Ed. São Paulo: Brasiliense, 1987, pp. 77-92.

não-renovável" e que parece pouco compatível com um sentimento mais terno. Mas, como Foucault mesmo diz, se em um encontro heterossexual o melhor momento se dá ao subir as escadas, para gays, "o melhor momento do amor é quando o amante está indo embora de táxi". É neste momento em que lembramos.

O *Gozo Poético* de Igor Marcondes parece funcionar como um diário de lembranças. A todo momento, parece se lembrar de um intenso encontro amoroso, afetivo, sexual. E a todo momento, amor, afeto e sexo se misturam de tal forma que é impossível tentarmos separá-los. Igor se lembra e nos faz lembrar de nossos próprios encontros amoroso-afetivo-sexuais. Esta é uma leitura carnal, em que, a todo momento, corremos o risco de ficarmos duros, excitados. Sentado, olhei-me sem saber se eu mesmo estaria ereto. Há sexo, muito sexo. Há pelos, virilhas, cheiros, saliva, suores, gemidos, paus duros, bundas, mãos meladas, espaços para serem ocupados. Entra-se até o fundo, a respiração se intensifica, vai-se até o fim. Tenta-se fundir, em um só gozo.

Inesperadamente, talvez este seja um livro puramente amoroso, que fala disso, da possibilidade de amar. Que fala do quanto um encontro sexual é também um encontro amoroso. Não recorrerei a qualquer explicação psicológica, algo que mais serviria para nos apartar das possibilidades de nos encontrarmos com a vida e com elas pulsarmos. Recorro à definição de Valter Hugo Mãe[3]: amor é gostar tanto que dá vontade de grudar, de ficar agarrado e não fazer nada longe. É uma urgência, um "agora não, já!".

"Seu gozo é meu e eu sou gozo na sua mão", como escreve Igor, fala justamente dessa possibilidade de grudar, de virar um só. Fala, assim, da possibilidade de amar, de estabelecer relações intensas, satisfatórias e sobretudo mais disruptivas. Mas talvez nada supere o pedido extrovertido e sem vergonha que faz: "mais forte". Esta parece ser a síntese perfeita entre sexo, afeto e amor. É uma síntese possível para o ato de amar. E amar é um trabalho bom.

**LUÍS FERNANDO DE OLIVEIRA SARAIVA***

*Psicólogo, mestre em Psicologia Escolar, doutor em Psicologia Social e pós-doutor em Educação, ambos pela Universidade de São Paulo. É psicoterapeuta dedicado, entre outros, aos estudos sobre diversidade sexual e ao atendimento de pessoas lgbtqia+.

3 MÃE, Valter Hugo. *O paraíso são os outros*. Biblioteca Azul, 2018.

*Queria tanto que alguém me amasse por alguma coisa que eu escrevi.*

CAIO FERNANDO ABREU (Caio Fernando Abreu Cartas).

*Hoje, o amor se positiva em sexualidade, a qual está também submissa à ditadura do desempenho. [...] O corpo, com seu valor expositivo equipara-se a uma mercadoria. O outro é sexualidade como objeto de excitação. Não se pode amar o outro, a quem se privou de sua alteridade; só se poderá consumi-lo.*

BYUNG-CHUL HAN (A agonia do Eros).

# MEU FUTURO NA SUA BOCA:

*uma promessa obscena*

Sou meu corpo
inevitável convívio
desafiador
desafinado
sou potência destruidora
provoco a dor
afinado
posso dar prazer
e ser um alívio
provocador

sou um corpo
ambivalente
que se revela
na palavra
e não no toque
de um ato
inconsequente

então te peço
leia meu corpo
com suas mãos
rime meu gozo
com seus olhos
e cante a poesia
do nosso sexo

em mim
algo se movimentou
envolvente como o vento
quente de verão
me esquentou
despertou a intenção
de ouvir seu nome
através do seu corpo
linda canção
me retirou
da inação
de ser sozinho
e na bem-aventurança
de gozar a vida
me colocou no seu caminho
em mim
algo se movimentou
sussurrou possibilidades
de sorrisos, expressões
e promiscuidades
permitidas
na segurança do carinho
que nos rege
acima da impetuosidade
necessária do prazer

em mim
algo se movimentou
pois confio na sua capacidade
de receber quem sou
sem o julgamento
inerente do ser

abro a porta do quarto
te vejo na cama
deitado
a vida passando
e nós aqui
esperando
vai acontecer
porque o desejo fala
quando estamos nos olhando
vai acontecer
porque a carne esquenta
quando está se movimentando
vai acontecer
porque as bocas sorriem
quando estão futurando
vai acontecer...
e eu posso sentir
o gozo poético
que vamos receber

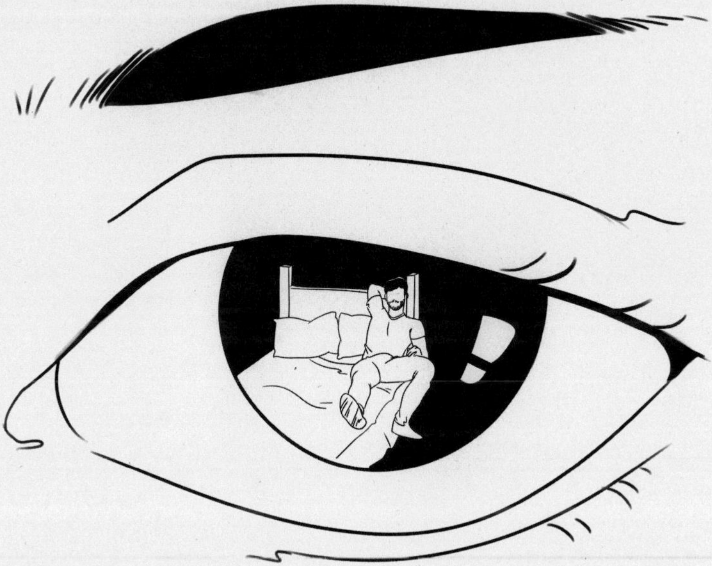

admiro
seu corpo repousado
acanhado
nem tanto
de roupa vestido
pronto pra ser desnudado
estou ereto
apontando
sua direção
desejado
querendo saber
do gosto
do cheiro
da textura
do seu viver
deve ser todo
melodioso
ouvir seu tom
na sua pele
falar o som
de um toque
incendiado
e te satisfazer

me deixa tirar
a roupa que cobre
a provocação
máxima da pureza?
me deixa...
me deixa comprovar
com meus olhos
descrentes
a sua existência?
me deixa aproximar
meu calor
do seu?
esquentar a pele
do colchão?
de suor
molhar
o que a vida
entristeceu?
me deixa...
me deixa com você
gozar?
me deixa
e prometo
ser seu

sua voz diz meu nome
sua voz diz que sim
me sentei aos pés da cama
sem desviar os olhos
não quero antecipar
nem chegar logo ao fim
te provoco com a distância curta
entre seus pés e o que está duro em mim
o toque frágil dos membros
provoca, aponta, aquece
e eu me exponho enfim

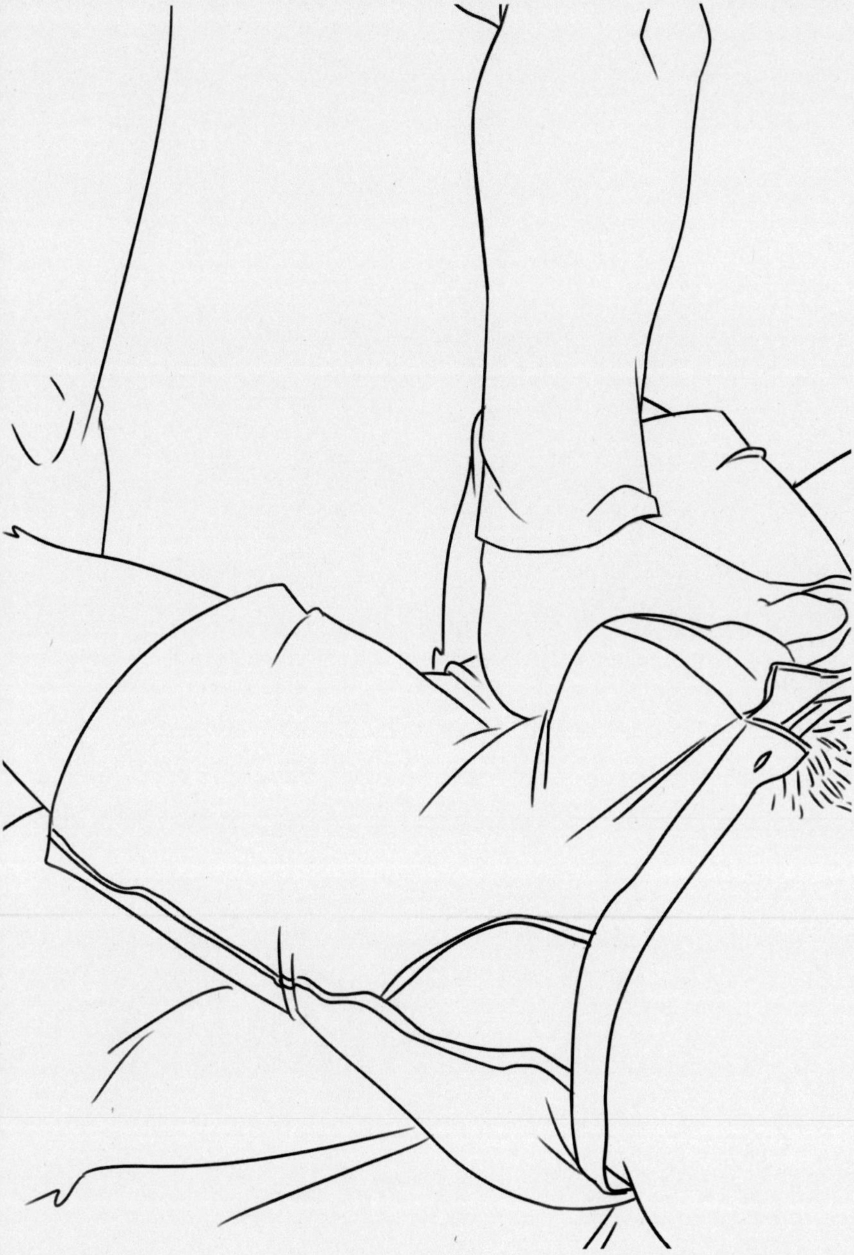

me ajoelho na cama
levantando os braços
juntos do tecido
com os dedos desfaço
o nó da bermuda
e me revelo umedecido
me sento novamente
duro feito aço
e aguardo decidido

me seguro delicadamente
e movimento minha pele
sorrindo pra te entreter
você se move
vem ao meu encontro
quer me acolher
quente
de saliva
sinto sua boca
a minha receber

sua cabeça se move
os meus lábios
quer morder
e em poucos segundos
falo a sua língua
sem hesitar
sei do seu sotaque
as diferenças
do seu vocabulário
as novidades
e do seu tom
a voracidade
com que quero versar
minhas rimas se transformam
enquanto me afasto
pra sua roupa retirar
a cada peça te revelo
como um segredo
impossível de se guardar

sem pudores
aprecio sua forma
perfeita
percebo seus pelos
na virilha
à espreita
seus braços
guardam promessas
de prazer
suas pernas
estão firmes
retesadas
pra me entreter

beijo seu peito
suavemente
te convidando
pra se deitar
sinto seu coração bater
nos meus lábios
incandescente
firme, rápido, seguro
bombeando sangue
pro lugar certo
e quando sinto seu corpo
embaixo do meu
está duro
pronto, desperto
então seus braços
começam a me envolver
pressionando a carne
ocupando meus espaços
pra que eu seja todo prazer

me movo sem pressa
desenhando sua pele
com a minha língua
e meu paladar se delicia
modelo seu prazer
com as minhas mãos
umedeço seu sexo
e você se arrepia

seus pelos
aquecem meu rosto
no vai e vem
frenético
que expande
meu olfato
a experiência sensorial
me faz bem
seu cheiro
agora em mim
é inato

inicio a subida
seguindo o caminho
no seu corpo desenhado
por seus pelos negros
e onipresentes
sou guiado
neles sinto o aroma
do seu desejo
que me deixa viciado
não quero me apressar
te olho condescendente
esperando ser chamado
e quando você abre a boca
percebo que fui notado

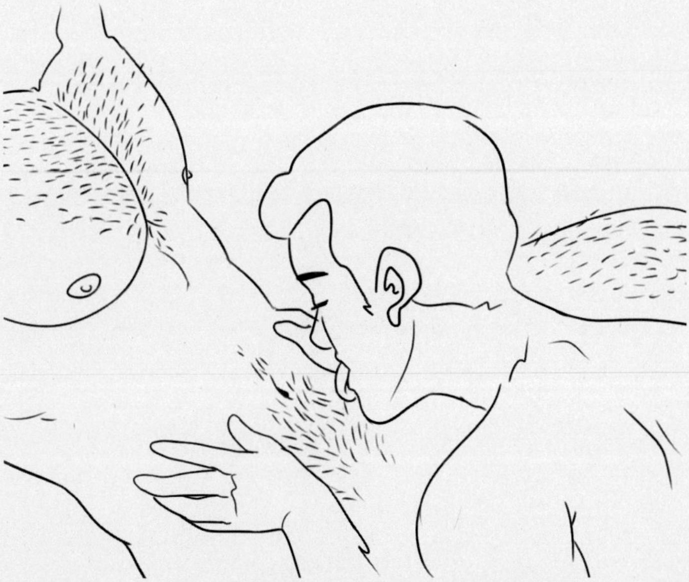

geme
afirmando
que goza
geme
dizendo
que gosta
geme
instigando
a resposta
geme
aumentando
a aposta
geme
geme
geme
que eu paro
e me deito de costas

convite feito
você recebeu
na hora
abriu
e leu
sua boca
pronunciou
as rimas
fálicas
que escrevi
nas minhas
nádegas

o toque quente lambuza
e eu falo
sua língua
gemidos controlados
dão lugar a palavras vulgares
enquanto você me usa
sei da sua expectativa
e gosto de vê-la quebrar
crio outra em cima dos destroços
das obscenidades anteriores
lentamente começo a me virar
e te chamo com um beijo
pra vir me gozar

sabe das minhas intenções
e se aproveita de todas
não me controla
sorri
se entregando às provocações
se submetendo à vontade
se deitando em cima de mim
compondo comigo as canções
transformando a realidade
num espasmo de gozo
encontrando no sentir
dos nossos corpos
mais do que sexo
seguro repouso

nossas línguas
se precipitam
de nossas bocas
se atiram
uma na outra
se intercalam
no deleite
se aprisionam
por vontade
se buscam
por necessidade

sua boca se aproxima
da minha orelha
pra me provocar
sussurra um gemido
e se põe a deslizar
na curva do meu pescoço
seguindo a estrutura
pra me desestruturar
atacando minhas defesas
expondo minhas fraquezas
pra me torturar
e quando percebe
que virou o jogo
intensifica os ataques
pra me derrubar

suas mãos
buscam as minhas
nossos braços
se estendem
e eu sinto seu cheiro
meu olfato
dominando
suas notas
me prendem
meu ser
inebriando
enquanto nos beijamos
milhares de silenciosos
acordos selando

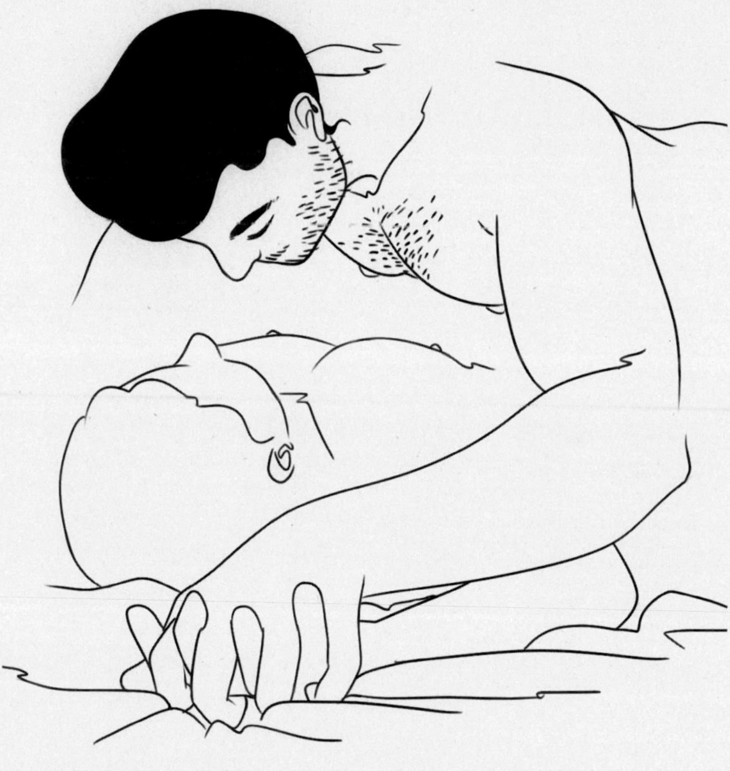

citricamente
adocicado
não resisto
e estico a língua
pra te buscar
com sua essência
estou obcecado

ao perceber meu interesse
sorri em confidência
“safado”
atinjo o máximo
da intimidade
ao sentir seu cheiro
e não a fachada perfumada
que evita a realidade

aproveitou
meus braços erguidos
pra neles
descansar
e nessa promiscuidade
conhecemos
mais profundamente
nossa humanidade

chegamos ao destino
uma liberdade
na confiança
conquistada
intimidade nossa
que nunca será revelada

te confio meus segredos
beba todos diretamente
da minha boca
enquanto anseio
por seus movimentos
vulgarmente delicados
imaginando seu calor
nos meus pelos
totalmente eriçados
te confio meus segredos
até aqueles que eu desconhecia
me faz confessar tudo
enquanto me enveneno
no sortilégio adocicado
do seu cheiro
enquanto te cultuo
como um ícone
adorado por inteiro

nossos poros
falando
parecem
vozes idílicas
cantando
suave liberam
em nossas peles
o nosso sabor
de notas intrínsecas
criam rios
salgados
de pequenas gotas
molham nossas [en]costas
deslizando
rumo
à liberdade marítima
criando-se
por meio da transpiração
rítmica
que durará mais tempo
do que precisamos
pra nos hidratar
na satisfação molhada
de gozar

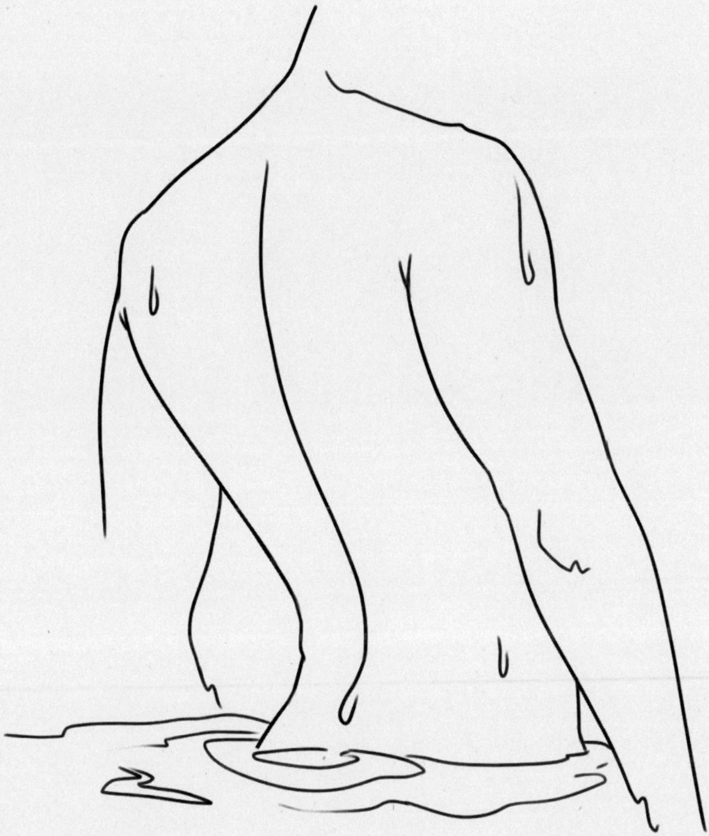

pernas entrelaçadas
já não sei onde começo
e onde você termina
nossos suores juntos
cadência definida
movimentando-se
conforme a intensidade
das respirações
movimentando-se
conforme a necessidade
das emoções
movimentando-se
se posiciona
pra expandir
minhas sensações

estou molhado
pra te receber
quente
sinto sua língua macia
na minha carne dura
deslizando suavemente
num movimento
de intensidade
sensorial
a pressão aumenta
enquanto você
se aprofunda
no prazer gutural

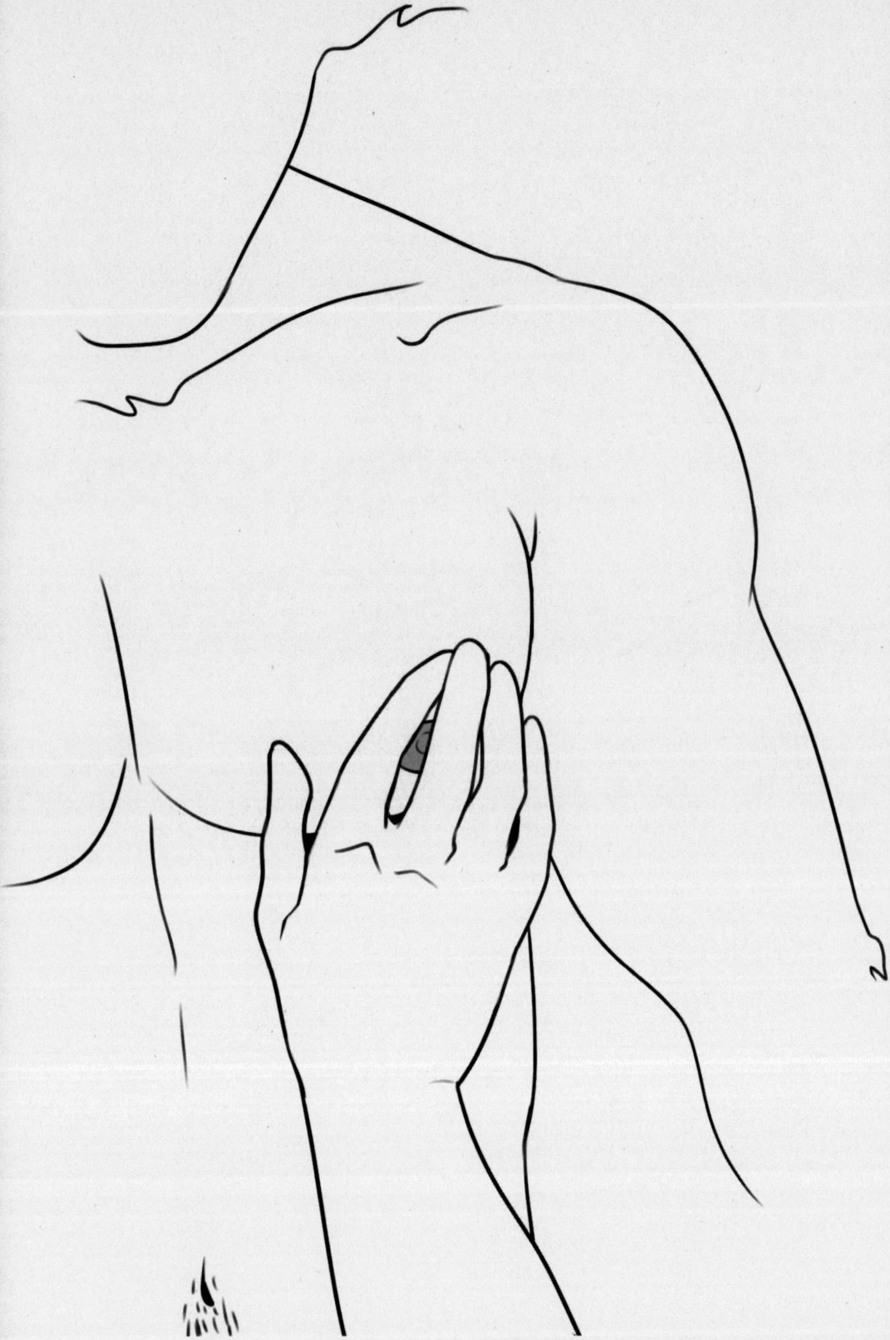

sua mão sobe
até meu peito
encontra um ponto
e estimula meu desejo
contorce minha pele
e me revira por inteiro
me contenho pra não antecipar
o que será nosso no final
me dou conta de que você se aproxima
lentamente como um animal
crava os dentes no meu corpo
e intensifica a minha ânsia
de ter dentro de mim o seu pau

seu sorriso malicioso
de quem sabe o que faz
me traz a segurança do repouso
com movimento de um cais

• • •

# NOSSOS CORPOS NO PRESENTE:

*palavra em movimento*

te quero tanto
que preciso
de você
aqui
dentro

te quero tanto
que estremeço
seu calor
em mim
epicentro

te quero tanto
que ofereço
sem pudor
meu segredo
seu alimento

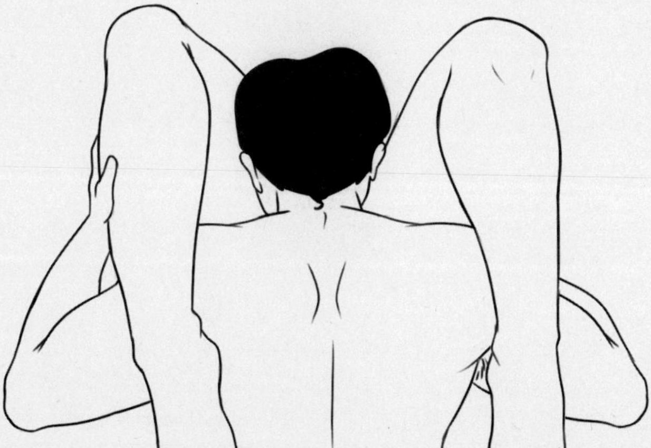

sua boca desliza lentamente
dissimulada
tenta enganar
sei o que tem em mente
e me deixo levar
provoco seu plano
aproximando as coxas do seu rosto
me ergo suavemente
nos miramos por alguns segundos
antes de você me lubrificar
sua saliva em mim é rio
livre pra navegar

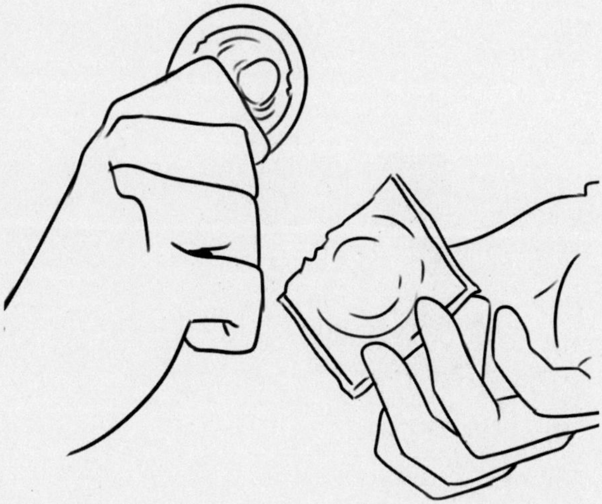

preserve nossa vida
antes de te olhar
permissivo
você se move
pra se encaixar
sugestivo
penso na palavra
que quero falar
lascivo

sinto a pressão na carne
e a cada segundo
me preencho mais
de você
extasia meu mundo
num momento fugaz
no qual quero
me perder
ocupa um espaço
no meu ser
mais vulnerável
que sentimento
quero ceder
os músculos
contraídos
se acostumam
ao seu poder
duro e macio
chegou ao destino
de me conhecer
e quando atingiu
a revelação
me disse quente
e gemeu de prazer

tão logo percebeu
que eu estava pronto
o rosto até mim desceu
beijou meus lábios
com ternura
e o corpo cedeu

meus pés se encontraram
e em mim
te prenderam
senti seu peso
e os movimentos
começaram

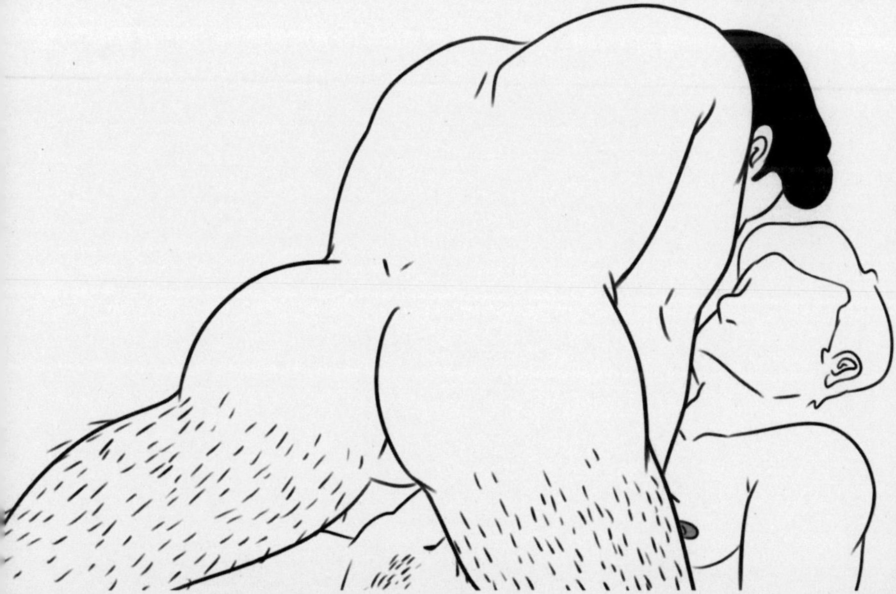

primeiro
dentro de mim
você pulsou
me beijando
sem sair
o quadril levantou
e quando me mordeu
tomou posse
e sem força me ocupou

depois
repetiu a cena
se afastou pra me olhar
e num gesto terno
do meu conforto
quis se assegurar

perguntou se eu queria parar
só pra me ouvir dizer
que queria ir até o fim
e quando entrou mais fundo
me ouviu gemer intensamente
desceu o corpo todo sobre mim
me deixando sem saída
pedi mais e você me deu
cada vez que me pressionava
era como se quisesse se fundir
virar um só no gozo
de ser um do outro na fantasia
que é alcançar o impossível
de pernas entrelaçadas
corpos suados
e mãos meladas

quando entrou em mim
senti que atingi a plenitude
no prazer
pois você me mostrou algo
que eu nunca
pude conhecer
uma sensação de cuidado
e tesão comedido
que satisfaz além do entreter
vulgar
um erotismo inerente
no qual quero me embriagar

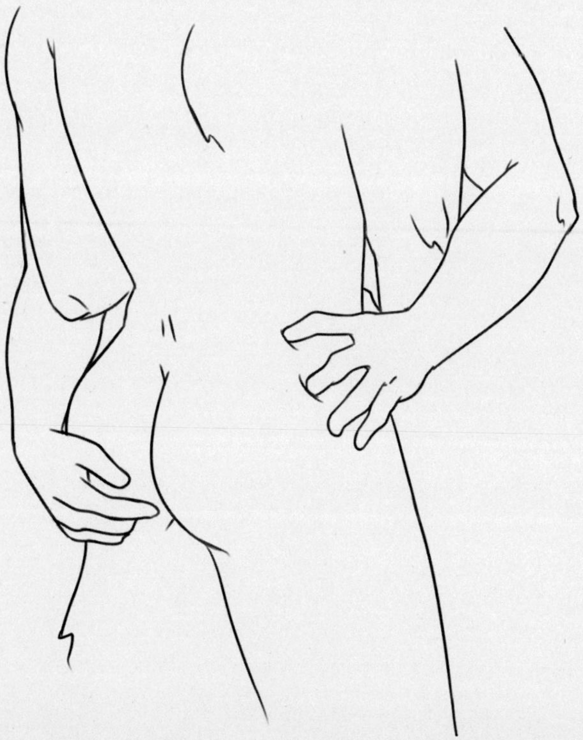

logo descobri
sua cadência
tão precisa
cantei a melodia
dos nossos corpos
som que mimetiza
a incontrolável euforia
que vibra nossas cordas
vocais
e fala palavras de alegorias
sexuais

seus movimentos
ondulares
naveguei
mas no orgasmo
da sua pele
me afoguei
no fundo submergi
e em terra firme
jamais pisarei

sua respiração mudou
com os movimentos rápidos
se intensificou
nossos suores se mesclaram
aos gemidos
nosso desejo se condensou

e naquele frenesi desinibido
você se revelou
a vulnerabilidade escondida
seu beijo me mostrou
ao sair de mim lentamente
com carinho me abraçou

"que delícia te sentir"
entre beijos me falou
"quero mais de você"
foi a fala que me elevou
"fica de pé pra mim?"
o pedido que se realizou

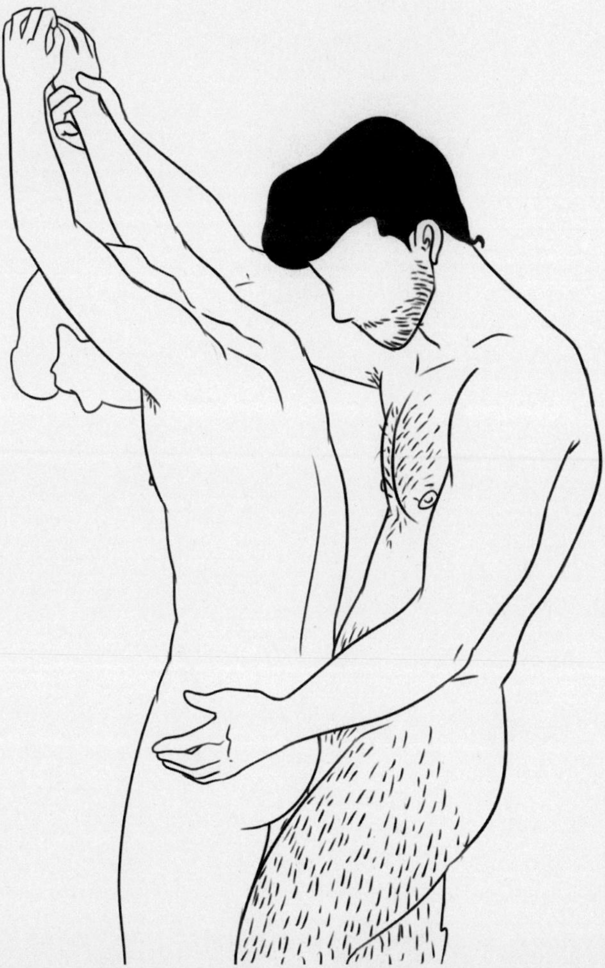

a parede
se esquentou
ao tocar meu corpo
pressionado pelo seu
retesado

na parede
minhas mãos você segurou
pra controlar meu corpo
submisso ao seu
dominado

a parede
me escutou
quando você entrou no meu corpo
desejoso do seu
excitado

nossas alturas
diferentes
foram
um presente
fiquei
na ponta dos pés
resistente
seguro na sua mão
escaldante
na minha cintura
apertada
excitante
controlava o movimento
pontual
e viciante

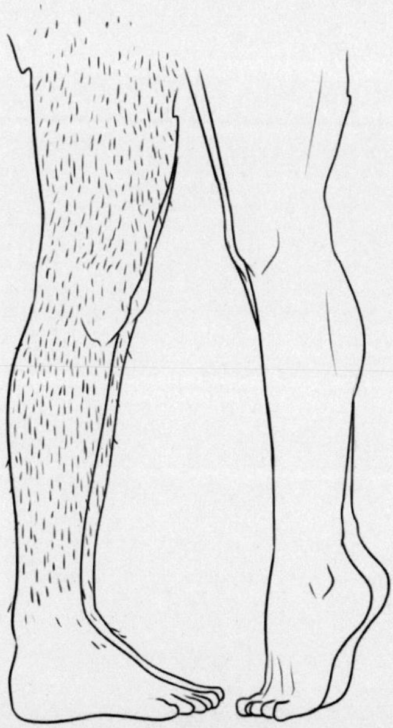

o tempo é tão relativo
que naquele momento
não existiu
você e eu era motivo
suficiente pra viver
o que o medo proibiu

o sexo é tão relativo
que naquele momento
apenas existiu
você e eu era motivo
suficiente de prazer
no que a vida impediu

"mais forte"
um pedido
extrovertido
sem vergonha
atendido
a pressão
aumentou
como eu nunca
tinha sentido
"mais forte"
aumenta
minha libido
sem parar
geme alto
num rugido
e me segura
firme mesmo
eu não tendo
fugido

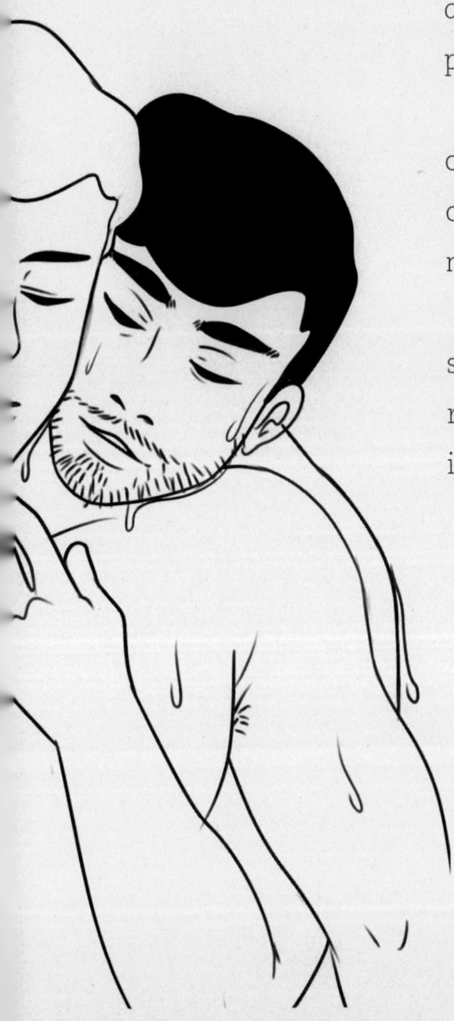

sua mão
desliza até mim
pra me dar prazer

os movimentos
coordenados me elevam
me fazendo gemer

sua cabeça
repousa no meu ombro
indicando o que vai acontecer

juntos
saímos de nós
sem nos separar
o calor que emanamos
estremece nossos corpos
o mundo quer inundar
e enquanto nos molhamos
você continua a se movimentar
lentamente agora
a sensação não quer deixar
ao mesmo tempo me estimulando
estendendo o gozo
que não quer acabar
pois você dentro de mim
é calor que não para de esquentar

quase espiritual
para a carne
quase carnal
para a mente
orgástico
destituído
de controle
cósmico
não pode ser
proibido

me dá poder
saber-me capaz
de tamanha reação
explosão
interna
que externa
uma reação
tão intensa
me dá poder
saber-me capaz
de tanta exaltação
coração
bombeando
a erupção
suspensa

confluímos
na carne
o frenesi
estático
da sensação
sentir
sua liberação
profana
em mim
extasia
meu coração
contrai
e relaxa
na espera
uma revelação
seu gozo
é meu
e eu
sou
gozo
na sua mão

te dei
sorrindo
o prazer
que senti
ao você
assentir
que queria
me ter

# O FIM NO PASSADO:

## *liberdade plena*

recebo um beijo no ombro
dos seus lábios molhados
que cantam o tesão
de me ter gozado
se afasta de mim
me vira suavemente
eleva a mão
que ainda me tem
e num gesto delicado
me estimula a boca
com o calor momentâneo
do líquido melado
e me beija...

me beija sem medo
sente meu gosto
levemente adocicado
desliza a língua na minha
me bebe gentilmente
recebe quem sou
pra ser incorporado
no seu corpo
persistirei
amado

me guia
pra cama
como se ela fosse
nosso destino
selado
me deito
ao seu lado
tranquilo
e sorrindo
todo suado
me olha
em silêncio
como se eu fosse
seu destino
designado
me sinto
ao seu lado
presente
e desejoso
de ser abraçado

senti nos seus braços
que não é o fim
é um alento
um respiro
recompensador
do momento
sua mão
ajeita meu cabelo
acaricia meu rosto
o calor se dissipa lento
deixa nossos corpos
refrescando
sem intento
apenas flui
numa despedida
sem esforço
nem lamento

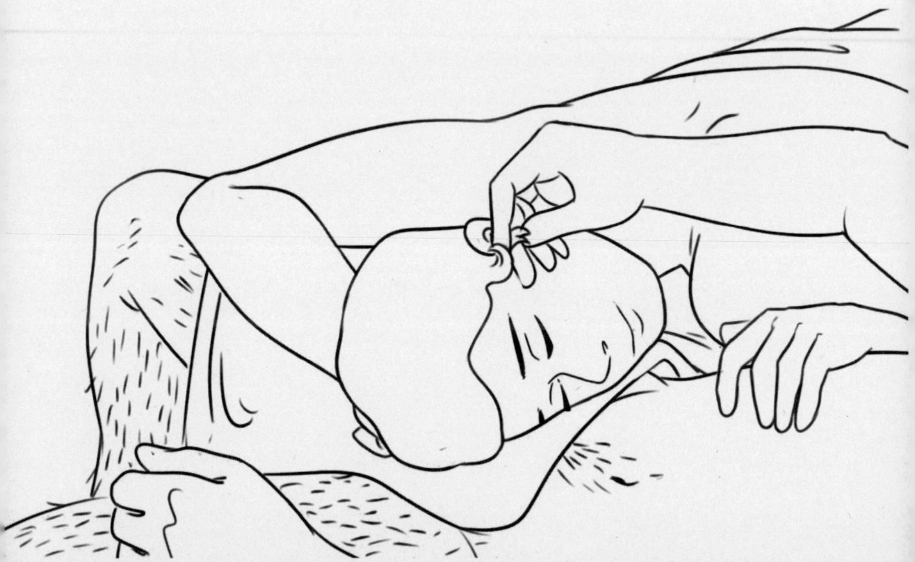

me aproximo
do seu peito
pra sentir seu cheiro
agora diferente
presente de forma
intensa
e frágil
displicente
se dissipa
de forma lírica
ritmado
porém dominante
penetra minhas narinas
e me relaxa
num instante
fugaz
e reconfortante

sem medo
me deixa ir
se afasta
e não para de sorrir
mas com palavras
me cerca
pra admitir
se confessa
sem medo
pois não corre risco
de se ferir
sou justo
no desejo
e sei te ouvir
o gozo te fez livre
e suas emoções
também querem sair
te deixo à vontade
pra que ela surja novamente
e possamos repetir

te observo com calma
enquanto na torpeza
do gozo você se esvai
seu corpo é lírico
com suas rimas me atrai
ao seu lado vivo o sexo
que se torna desejo poético
estruturado em verso livre
cantado por um eu erótico
que se liberta do cânone
através da realização
que é ruptura contínua
sem carnavalização

entre excessos
e abstinências
travesseiros
e lucidez
meu corpo
é reinado
retomado
com a nudez
sem propriedade
sem objeto
um ser
em completa
unicidade
próspero no amor
e digno
da promiscuidade

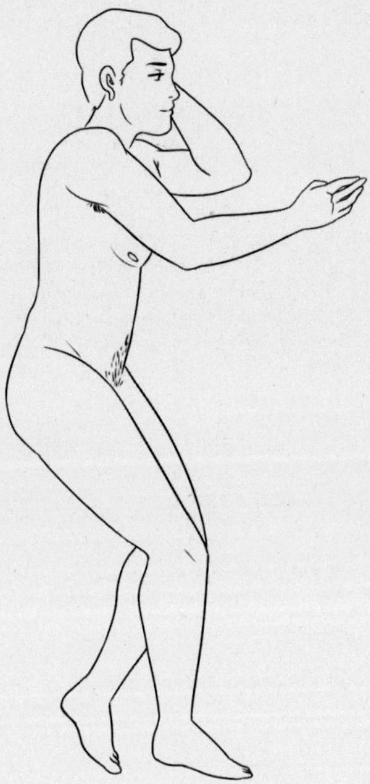

te vejo
fechar os olhos
lentamente
sendo dominado
pelo êxtase
dormente
e logo apagado
no reino
dos sonhos
caminha
já despertado
e fico a admirar
sua pele nua
arrepiada

seus pelos expostos
molhados
aguardando
a vida passar
no seu ser
perfeito
me resigno
do medo
quando estou
ao seu lado
meu peito
agora respira
aliviado

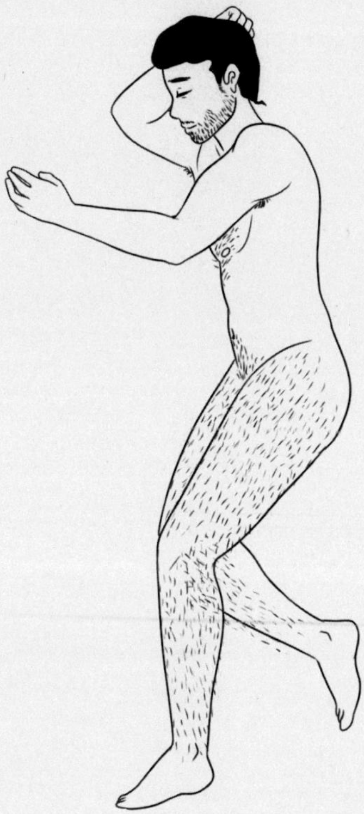

em mim
algo se apaziguou
saiu inteiro
me libertou
na descarga elétrica
do toque corpóreo
na rima pretérita
do sonho erótico
estou
me retirei de mim
sem medo
se pouco me restou
no sexo
me desvisto
do pudor
e toda agonia do ser
se veste em minhas fantasias
pra experimentar o furor
sou completo
se me experimento
e sou sensualmente
poético
no amor

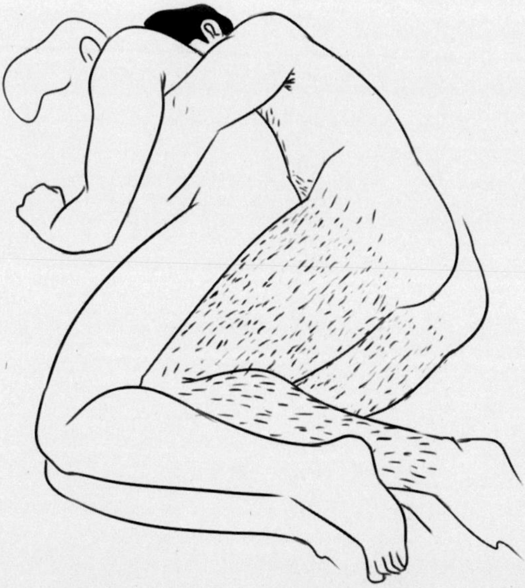